Para todos los niños que aman a un libro especial.

Título original: *My Pet Book*

Esta edición se ha publicado según acuerdo con Random House
Children's Books, un sello de Random House LLC.

Traducción: Sandra Sepúlveda Martín

D.R. © Editorial Océano, S.L.
Milanesat 21-23, Edificio Océano
08017 Barcelona, España
www.oceano.com

D.R. © Editorial Océano de México, S.A. de C.V.
Eugenio Sue 55, Polanco Chapultepec,
Miguel Hidalgo, 11560, México, D.F., México
www.oceano.mx • www.oceanotravesia.mx

Primera edición: 2016

ISBN: 978-607-735-920-3
Depósito legal: B-12072-2016

IMPRESO EN ESPAÑA / *PRINTED IN SPAIN*

9004208010816

Mi mascota

Bob Staake

OCEANO Travesía

AVE. HAMSTERDAM
LADRIDO MÁX.
35
PLAZA MIAU-YOR

Casi todas las mascotas
simples perros y gatos son
(si no lo habías notado,
pon un poco de atención).
Pero hay un niño en mi ciudad
cuya elección original
rompe todo el equilibrio;
Su mascota es… ¡un libro!

No le gustan los cachorros
y los gatos le causan prurito.
Tampoco quería una tortuga
ni un pez beta ni un perico.
—¡Quiero algo diferente,
divertido y muy sencillo!
—declaró muy convencido.

Su mamá le sugirió:
—¿Ya pensaste en adoptar
algo más original?
Te propongo un bello libro.
¡Eso sí será muy especial!
Papá leyó en algún lugar
que son fáciles de cuidar.

Así que se dirigieron
a una enorme librería
para buscar un compañero
que jamás lo mordería,
no tendría pulgas
ni el trasero le olisquearía.

¿Pero cómo elegir
uno solo entre un millón?
¿Con qué criterio decidir?
¡Qué difícil la cuestión!
Justo entonces un libro
le llamó la atención.

¡Un pequeño libro rojo!
¡El más bello del montón!

De todos los disponibles
sin duda ése era su favorito.
Parecía muy bien portado
y tenía un lomo tan bonito...
—¡Este libro quiero yo!

No comía, no bebía,
y no mordía zapatos.
No corría, ni salpicaba
brincoteando entre los charcos.

No tenía que darle un baño,
ni limpiarle cada pata.
Y lo mejor de todo era que...
¡jamás hacía caca!

PERRERA
MUNICIPAL

No era como los perros traviesos
que beben de los inodoros,
ni perezoso como los gatos,
ni parlanchín como los loros.

Un libro nunca hace ruido
y no te hace pasar vergüenza,
pues no lame sus partes en público,
ni te arrastra con su correa.

Dentro del libro había cuentos
de aventuras, dragones y gloria.
¡El niño se imaginaba
que él mismo estaba en la historia!

Dejaba el libro en su casa
todos los días al salir

y nunca se preocupaba
de que algo le pasara.

Pero un día cuando volvió
su pequeño libro ya no estaba...

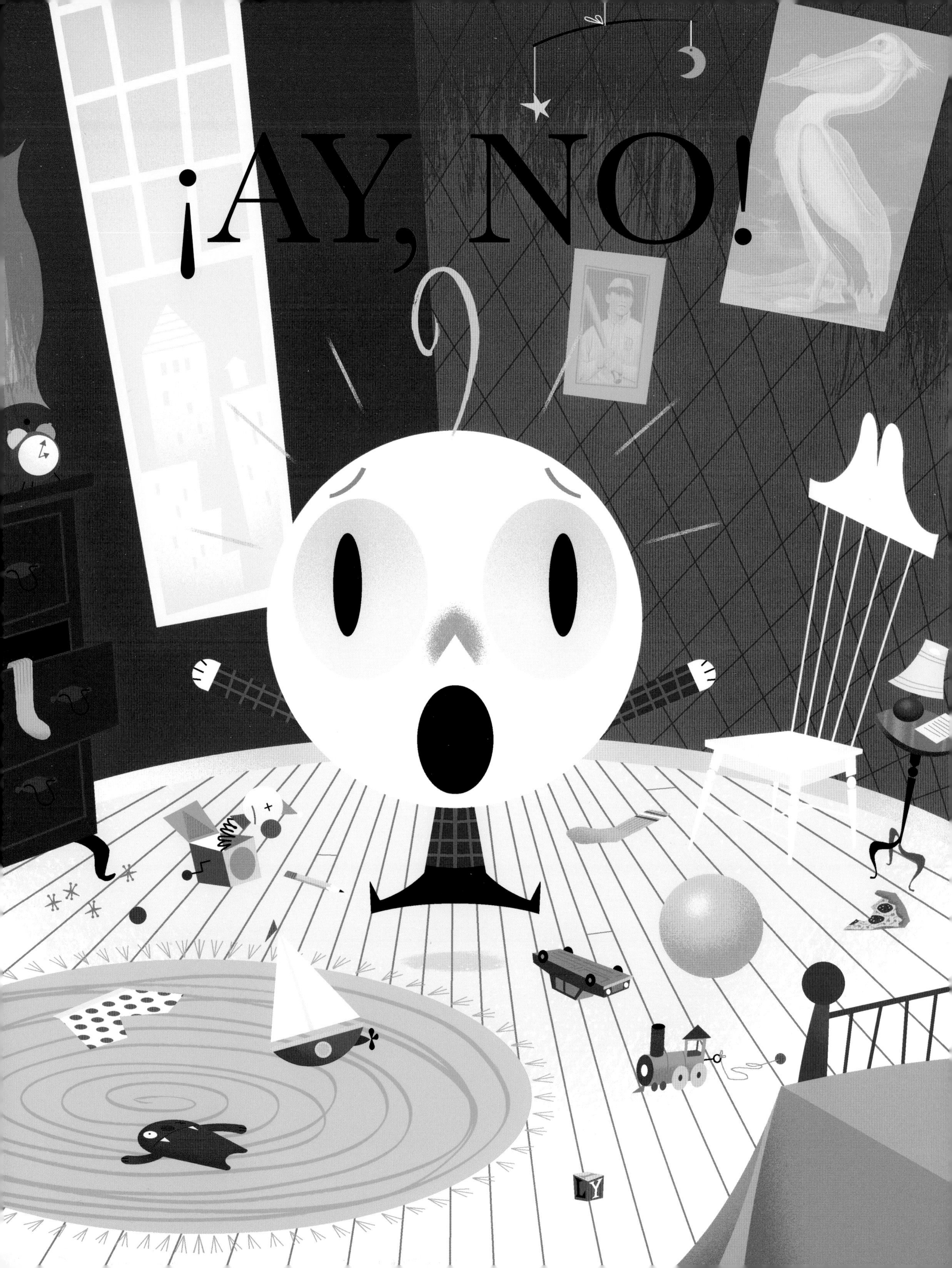
¡AY, NO!

—¡Se escapó! ¡Se ha ido!
—gritaba el pobre niño.
—¡¿Cómo pudo haber huido,
si ni siquiera tiene patas?!

María se acercó al niño
a preguntar por qué lloraba.

—Soy la culpable, mi querido niño... (*glups*)

—Al limpiar me confundí y....

regalé tu libro.

Limpiando la casa de trastos,
al libro en el suelo no distinguió
y sin darse cuenta ella lo barrió
entre platos y relojes rotos.
Teteras, botellas, hasta un calcetín...
María recogió cachivaches sin fin.

Floreros, trompetas, teteras, barajas,
María todo metió en una caja.
¡Lo sentía mucho, de verdad!
Pues la caja regaló a la caridad.

Corrieron al centro con la esperanza
de que, si llegaban sin tardanza,
aún lo habrían de encontrar.

¡Pero no estaba entre los abrigos,
ni con los sillones antiguos!

¡Tampoco estaba escondido
entre las lámparas y los ositos!

Por supuesto que buscaron
en todos los libreros:
uno por uno cada libro abrieron
pero pronto se rindieron.

Sin duda su buen amigo
había sido...

¡VENDIDO!

Se sentaron a llorar
ambos desesperanzados
en un sofá remendado.
Pero entonces María recordó
y en un susurro preguntó...

—Si fueras un libro perdido,
¿dónde te habrías escondido?

Entonces el niño sonrió
pues de pronto se le ocurrió
justo dónde lo encontraría.

—¡Si fuera un pobre libro asustado
seguro que hubiera buscado
un rincón muy apartado
donde nadie me encontrara!

Corrió al pasillo de mascotas
a una casita destartalada.
Metió la mano y sacó una pelota,
lo intentó de nuevo y sacó...

¡a su libro mascota!

Volvieron a casa los tres,
todos muy emocionados.
El niño revisó que el libro
no se hubiera maltratado:
¡ni una sola cicatriz!

Su madre le preguntó
por qué había sufrido tanto.
—Cada libro es un *amigo*,
y a un amigo hay que cuidarlo
—fue lo que le respondió,
y en seguida bostezó:
—Aunque a veces eso agota.

Cansado de tanto buscar
el niño se fue a acostar.
Cerró los ojos y soñó...

… con su querido libro mascota.